Le Petit Violon

Éditorial : Claire David

Ce texte a été publié initialement dans la collection Heyoka Jeunesse coéditée par Actes Sud-Papiers et le Théâtre de Sartrouville - Centre dramatique national pour créer un répertoire de pièces de théâtre destinées aux jeunes spectateurs et aux jeunes lecteurs.

Conception graphique : Amandine Chambosse

ISBN 978-2-7427-6338-2

Loi 49-956 du 16 juillet 1949 sur les publications destinées à la jeunesse

poche théâtre

Le Petit Violon

JEAN-CLAUDE GRUMBERG

ACTES SUD JUNIOR

personnages

Léo le camelot
Le plus grand des géants
Le plus petit des nains
Monsieur Univers
Sarah enfant
Le maître
Sarah jeune fille
Son fiancé
Un juge ou un gendarme
Clients, clientes
Spectateurs

Le Petit Violon
Spectacle pour jeune public commandé par M. Nicolas Kent pour le Tricycle Theatre de Londres, à l'occasion du Dickens International Hommage, et créé dans la version anglaise d'Adrian Mitchell.

Août 1997

scène 1

La roulotte de Léo le camelot.
La roulotte est fermée. Le camelot est assis sur les marches, il est vieux, il a des cheveux tout blancs.
Il se tient voûté et joue du violon sur un tout petit violon.
Il s'arrête, regarde l'assistance et dit...

LÉO

Bonjour, je suis Léo le camelot, aujourd'hui je n'ai plus rien à vendre, je suis seul, vieux et triste.

Il joue cette fois un air plus enjoué.

Mais hier j'étais jeune.

Il ôte sa perruque blanche et se redresse.

Jeune, plein de forces, avec beaucoup de marchandises et très peu de clients.

Il ouvre l'arrière de sa roulotte, son étalage apparaît débordant de marchandises. Bonimentant avec entrain.

Tout pour la maison, tout pour le ménage, tout pour la femme, les enfants, tout pour la table, tout pour l'école, tout pour le jeu, donnez-moi non pas cent, non pas cinquante, non pas quarante, non pas trente, non pas vingt, donnez-moi, tenez, dix francs, dix francs tout ronds et vous emporterez cette pile d'assiettes et sa soupière, ces cuillères et ces couteaux avec fourchettes, louche et écumoire, ou alors ce magnifique ours en peluche qui joue du tambour et qui danse, et tout ça avec en prime, gratis, offert par la maison, le secret du bonheur, oui, j'ai bien dit, à tout acheteur j'offre le secret du bonheur. Comment, mon garçon ? Le petit violon ? Ah non, non, désolé, le petit violon n'est pas à vendre.

LE GÉANT

(qui a posé la question)

Alors donnez-moi juste le secret du bonheur.

LÉO

Tout de suite, mon brave, le secret du bonheur c'est comme si vous l'aviez, tenez, avec ce magnifique lot d'assiettes plates et creuses, avec deux soupières, une série de bols et des saucières venant directement de Limoges, le tout pour dix francs.

LE GÉANT

Non non, juste le secret, je suis seul au monde, une seule assiette me suffit, d'ailleurs je n'ai pas d'appétit, je n'ai pas besoin de tant d'assiettes, je préfère acheter le petit violon plus cher, tenez, voilà vingt francs pour le petit violon.

LÉO

Impossible, je t'ai déjà dit, le petit violon n'est pas à vendre, c'est justement lui qui me console quand j'ai le cœur gros.

LE GÉANT

Tu as le cœur gros, toi qui possèdes le secret du bonheur ?

LÉO

Tiens, voilà tes cinquante assiettes, et maintenant en prime je vais te dire le secret du bonheur, mais tout bas à l'oreille, il ne faut pas que les autres entendent.

Il essaie de lui parler à l'oreille.
Le géant, pile d'assiettes dans les bras, tend son oreille, Léo chuchote quelque chose.

LE GÉANT

(très loin de la bouche de Léo, demande)

Quoi ?

LÉO

(hurle)

IL NE FAUT PAS RESTER SEUL !

LE GÉANT

C'est ça le secret du bonheur ?

LÉO

Exactement. Et maintenant que tu as les assiettes, le secret, il ne te reste plus qu'à fonder une grande famille.

LE GÉANT

Hélas, je suis trop grand, je suis le plus grand géant du monde et le plus triste aussi.

LÉO

C'est parce que tu es seul.

LE GÉANT

Qu'est-ce que je vais faire de toutes ces assiettes ?

LÉO

(lui montre comment jongler avec)

Regarde.

Il jongle.
Le géant essaie de faire pareil, les assiettes tombent et se cassent.
Il se met à pleurer.
Autour de lui on rit et on se disperse.
Alors le bonimenteur joue un air gai sur son petit violon puis constate…

Tu as fait fuir mes clients.

Il joue encore, pousse un soupir et cesse de jouer.

LE GÉANT

Là, tu as le cœur gros ?

LÉO

Oui et non. Je m'ennuie.

LE GÉANT

Pourquoi ?

LÉO

Parce que moi aussi je suis seul au monde.

LE GÉANT

Tu n'as pas d'ami ?

LÉO

Je change de ville tous les jours.

LE GÉANT

Moi aussi. Je suis géant dans un cirque, le cirque Univers.

LÉO

Je le connais, je le vois souvent sur les foires.

LE GÉANT

Et qu'est-ce qu'il te faudrait pour que tu ne sois plus seul ?

LÉO

Un enfant.

LE GÉANT

Un enfant ? Pourquoi ne pas t'en acheter un ?

LÉO

Les enfants ne s'achètent pas, il faut les faire.

LE GÉANT

Pourquoi ne pas en faire un ?

LÉO

Mon brave géant, apprends que pour faire un enfant il faut être deux.

LE GÉANT

Deux ? On est deux.

LÉO

Non, non, non, non, il faut un homme et une femme, un monsieur, une dame, une maman, un papa.

LE GÉANT

Pourquoi ?

LÉO

C'est comme ça.

Silence.

LE GÉANT

Écoute, comme tu m'as donné le secret du bonheur, moi aussi je veux t'aider. Viens ce soir au cirque Univers, il y a là-bas une petite fille bien malheureuse qui doit jouer sur un petit violon comme le tien, mais elle n'y arrive pas et monsieur Univers la bat à tour de bras, il ne lui donne rien à manger parce qu'elle ne lui rapporte aucun argent. Demande-lui qu'il te la donne contre une soupière et des cuillères, comme ça tu ne seras plus seul, tu auras un enfant, et comme tu as l'air bon la petite fille ne sera plus malheureuse et moi non plus. Rien que de la voir si triste, je pleure.

Il repleure.

LÉO

Ne pleure plus, géant au grand cœur, je serai ce soir au cirque Univers.

scène 2

Au cirque Univers.
Parade de cirque.
Paraît Univers, il est hideux, son corps est en forme de globe.

UNIVERS
(avec un sourire à faire dresser les cheveux sur la tête)
Bonsoir, petits et grands, bonsoir parents et grands-parents, bonsoir militaires et bonnes d'enfants, ouvrez tous bien grands vos quinquets car le cirque Univers ce soir va vous présenter en première mondiale – universelle devrais-je dire – le plus petit nain du monde, opposé dans un match de boxe anglaise au plus grand géant des cinq continents. Allez allez, en piste !

Le plus petit des nains et le plus grand des géants paraissent munis de gants de boxe. Ils saluent la foule sans conviction.

Allez allez, messieurs, et l'on sourit ! Et l'on est gai, souple et sportif ! Ce sont également, mesdames et messieurs, comme vous pouvez le voir, les plus tristes artistes au monde !

LE NAIN

Et les plus mal nourris !

Univers fait claquer son fouet.

UNIVERS

Silence ! Avant ce match épique et sanglant, le cirque Univers, ne reculant devant aucun sacrifice, vous présente, en exclusivité mondiale et pour vous permettre d'acheter vos billets en musique, la grande soliste Tête de mule qui va nous jouer un petit air à sa façon sur son violon miniature.

La petite fille entre, poussée par le nain. Elle se retrouve au milieu du cercle, un archet dans une main, le violon de l'autre. Elle reste là, immobile, bras ballants.

Violon miniature que j'ai fait faire exprès pour elle. Dis bonjour, Tête de mule !

La petite fille ne bouge pas et ne prononce pas un mot.

Vous voyez ! Et c'est tous les soirs comme ça ! Bon, joue, Tête de mule !

Elle ne bouge pas.
Univers fait claquer son fouet.
Le géant et le nain tentent, gênés par leurs gants de boxe, de faire jouer la petite fille.

Un son sort enfin du violon, c'est un son affreux, strident, horrible.
Univers alors se bouche les oreilles puis, ivre de fureur, se saisit du violon et le casse sur la tête de la fillette qui ne réagit pas.

Voilà ! Voilà ! Voilà !

Les gens s'en vont en protestant.

Mais restez, restez, mesdames et messieurs, la soirée ne fait que commencer, vous n'avez pas vu les animaux savants, la ménagerie, les fauves, et moi Univers, en clown ou en monsieur Loyal je suis impayable.

Le public s'est dispersé. Restent la petite fille au violon brisé, le nain, le géant et Léo. Univers s'arrachant les cheveux :

Mais qui me débarrassera de ce fléau qui fait fuir les clients ? Pourquoi ne dis-tu jamais rien, Tête de mule, alors que c'est par pure bonté d'âme que je t'ai recueillie, pourquoi ne jamais dire ni bonjour ni bonsoir, pourquoi ne sais-tu rien faire, pourquoi me mets-tu tous les soirs en colère ? Allez !

Il claque son fouet.

À la niche ! Pain sec et eau, et couchée sur la paille avec les dromadaires et les chacals !

LÉO

Pardon, monsieur…

UNIVERS

Univers, pour vous servir.

LÉO

Monsieur Univers, pourriez-vous me céder cette petite fille ?

UNIVERS

Elle ? Vous la céder ?

LÉO

Oui.

UNIVERS

Pour en faire quoi ?

LÉO

Juste comme ça.

UNIVERS

Juste comme ça ?

LÉO

Pour qu'elle me tienne compagnie, disons.

UNIVERS

Elle ?

LÉO

J'adore le violon.

UNIVERS

Mais elle ne sait pas en jouer, elle ne sait rien faire, rien ! Même mendier, tendre la main en murmurant "j'ai faim", elle ne sait pas.

LÉO

Elle n'aura pas besoin de mendier avec moi.

UNIVERS

Vous êtes donc bien riche ?

LÉO

Non, je suis sans le sou.

UNIVERS

Sans le sou, ha ha ! Vous voulez sans doute que je vous cède pour rien cette enfant que j'aime et pour qui j'ai déjà tant dépensé ?

LÉO

Je n'ai pas d'argent mais j'ai des marchandises.

UNIVERS

Quelles sortes ?

LE GÉANT

Tout pour la ville, la maison, la campagne !

UNIVERS

(claquant son fouet)

On t'a sonné, toi, grande perche ? Auriez-vous… voyons… une bonne paire de bretelles ?

Léo ouvre sa veste, apparaissent des paires de bretelles.

LÉO

Quelle couleur ?

UNIVERS

Voyons, combien y a-t-il de jours dans une semaine ? Lundi mardi mercredi jeudi vendredi samedi dimanche : sept ! Donnez-moi sept couleurs différentes, sept paires de bretelles et l'affaire est conclue.
En échange vous aurez la joie d'emporter cet oiseau rare qui ne chante jamais et qui ne sait que manger.

LÉO

Elle n'a pas l'air d'avoir beaucoup mangé.

UNİVERS

(faisant claquer son fouet)

De quoi ? De quoi ? Que prétend dire le marchand de bretelles ?

LÉO

Que sept paires pour un seul pantalon…

UNİVERS

Oui mais j'ai un très gros ventre.

LÉO

(poursuivant)

Soit, pour ne plus être seul j'accepte bien volontiers votre proposition.

Il donne les sept paires qu'Univers aussitôt attache à son pantalon.

Noir, jaune, vert, rouge, bleu, blanc et pour le dimanche multicolore.

UNİVERS

(pousse alors la petite fille du manche de son fouet)

Tenez, prenez, servez-vous et n'oubliez pas : c'est vous qui faites une bonne affaire, une virtuose comme elle il n'y en a pas deux au monde !

Léo prend la petite fille par la main et l'emmène tandis qu'Univers en ricanant leur crie…

Inutile d'espérer en tirer quelque chose ! Elle ne sait dire ni oui ni non, ni A ni B, elle ne sait rien, elle ne vaut rien, elle ne mérite même pas l'avoine qu'elle mâche, ni la paille qui lui sert de lit !

Il rit, puis tire sur ses bretelles, constatant :

Enfin une bonne affaire. Allez allez, les monstres, en piste pour le combat du plus petit et du plus grand.

Le nain fait face au géant.
Univers tape sur son ventre qui sonne comme un tambour, puis tire sur ses bretelles qui chantent comme une harpe.

scène 3

La roulotte de Léo.
Léo et la petite fille.

LÉO

Moi Léo.

Il se tape sur la poitrine.

Mon nom est Léo. Et toi ?

La petite fille regarde sans comprendre.
Elle est encore effrayée comme au cirque Univers.

Comment tu t'appelles ? Toi pas parler français ? Toi *habla español* ? Toi *speak english* ? Toi *parlare autra dialecta* ? Toi pas comprendre ce que moi veux dire ? Moi Léo et toi ?

Il approche son index de la poitrine de la petite fille pour la désigner. Celle-ci recule, levant son avant-bras comme pour éviter un coup. Léo, troublé :

Moi prendre toi pour être heureux, happy tous les deux, moi vouloir faire de toi ma fille, toi ma fille moi ton papa, papa Léo et toi Suzette ? Suzon ? Anna ? Annabella ? Comment toi dire ?

La petite fille reste pétrifiée.
Léo ennuyé et inquiet.

Mais qu'est-ce qu'elle a ?

En désespoir de cause il se saisit de son petit violon qui ressemble à celui qu'Univers a cassé sur la tête de la petite fille et joue.
La petite fille à la vue du violon recule encore.
Léo joue avec vivacité, la petite fille ne réagit pas.
Léo, approchant le violon de la petite :

Tu n'aimes pas la musique ?

Elle ne bouge toujours pas, restant sur ses gardes.
Exprès il tire alors du violon des sons affreux et stridents.
Elle ne réagit pas.
Il rejoue alors après avoir posé une main de la fillette sur le corps du violon. Il rejoue avec tendresse, force et application.
La petite fille sent sous sa main le violon vibrer.
Léo joue encore. La petite fille pose ses deux mains sur le violon. Léo joue. Le visage de la petite fille s'illumine peu à peu. Elle sourit.
Léo est heureux. Il a compris. Tout en jouant il esquisse un pas de danse en frappant fort le plancher. La petite fille tout en tenant le violon danse aussi, imitant les pieds de Léo qu'elle ne quitte pas des yeux.

La danse finie, Léo pose son violon et applaudit, puis, se reprenant, il frappe une de ses grandes mains sur la petite main de la fillette.
Enfin se désignant et articulant, et en montrant ses lèvres, il prononce :

Léo.

Il se frappe la poitrine, articulant encore :

Léo.

LA PETITE FILLE
(fait bouger ses lèvres,
elle prononce aussi en se frappant la poitrine)
Léo.

Mais aucun son ne sort.

LÉO
(d'un doigt fait non et précise, articulant)
Moi Léo, toi ?

Il tape sur la poitrine de la petite fille de son index.
La petite fille sourit et tape aussi sur la poitrine de Léo, puis tout à trac esquisse le pas de danse que Léo lui a montré, tout en désignant le violon.
Léo fait semblant de jouer, aucun son ne sort du violon.
La petite fille danse, elle est heureuse, Léo aussi.

scène 4

LÉO

(a remis sa perruque blanche, il raconte)

J'étais heureux, je n'étais plus seul. La petite fille s'appelait Sarah. Le gentil géant m'apprit qu'elle était la fille d'une acrobate fil-de-fériste du cirque Univers qui un jour de grand vent était tombée du fil. Sarah ne parlait pas car elle n'entendait pas. Durant nos voyages d'une ville à l'autre, grâce à la lecture sur les lèvres et à mon petit violon, je fis faire à Sarah beaucoup de progrès. C'est fou tout ce qu'on peut faire avec des crayons et du papier, des craies sur de l'ardoise ou de la peinture et un pinceau.

Il ôte sa perruque, on le voit finir de peindre un coq sur une planche de carton.

La roulotte est maintenant de profil, des panneaux représentant des objets divers à vendre aussi bien que des choses de la nature, le tout joliment dessiné, pendent le long de la roulotte.

La petite fille regarde chaque panneau et articule face à Léo le mot représenté, à chaque fois Léo approuve en répétant lui aussi le mot sans le son ou en la reprenant quand elle se trompe.

Léo remet sa perruque et poursuit son récit.

Bientôt elle en sut assez et elle put même m'aider à faire la parade pour attirer les clients. Elle était si joyeuse, si pleine d'entrain, que c'est bien volontiers que les passants s'arrêtaient pour la voir et ainsi mes affaires marchaient.

Sans sa perruque, son étalage ouvert, il joue du violon tandis que Sarah tape sur un tambourin.

scène 5

Parade.

LÉO

Approchez, approchez, mesdames et messieurs, *ladies and gentlemen*, aidé par ma fille unique nommée Sarah, Léo, moi-même, *himself*, le roi des camelots, *the king of* camelote, de passage dans votre si jolie petite cité, j'ai la joie, l'honneur et le plaisir de vous proposer toujours pour une somme modique tout un lot d'articles de première nécessité et même pourquoi pas une foule d'objets parfaitement inutiles mais qui mettent la joie au cœur des grands et des petits. Regardez ce cheval à bascule – montrez le petit cheval, mademoiselle Sarah –, il ne peut vous mener nulle part – non non, ça c'est un chapeau, mademoiselle ! J'ai dit cheval, petit cheval !

Sarah présente le cheval et pose le chapeau sur la tête du cheval.

Voilà, parfait. Maintenant, mademoiselle Sarah, voulez-vous montrer à l'assistance comment fait le cheval en liberté sans chapeau…

Sarah se met à caracoler en tous sens en imitant un cheval qui galope, on l'applaudit, elle fait la roue pour remercier.

Et maintenant, passons aux choses dites sérieuses. La vente va commencer tout d'abord par ce tas de vaisselle précieuse et de toute beauté. Cette vaisselle, mesdames et messieurs, toute cette vaisselle, si elle n'est pas vendue ici même ce jour, sera brisée, cassée menu sous vos yeux !

Il jette un regard terrible vers le public.

J'ai bien dit brisée, cassée menu. Bon, commençons par ce magnifique plat à poisson – on mange du poisson dans cette ville, n'est-ce pas, madame ? C'est très bon pour la santé d'ailleurs – eh bien ce plat je ne dis pas – montrez le plat, mademoiselle Sarah ! Voilà, merci – je ne dis pas dix francs, pas neuf, pas huit, oui madame, sept, je dis bien sept, pour sept malheureux francs il est à vous pour la vie. Non ? Une fois, deux fois ? Sept francs seulement ce magnifique plat à carpe, à brochet, à écrevisses, qui vaut dix fois ce prix en magasin, non ? Trois fois ? Personne n'en veut ? Mademoiselle Sarah, jetez-moi ce plat par terre.

Sarah jette le plat.
La foule réagit.
Le plat tombe mais ne se casse pas.
Léo triomphant :

Voyez, ce plat ne veut pas se briser sans vous donner une seconde chance. Qui me donne six francs, j'ai bien dit six pour ce plat incassable ! Personne ? Mademoiselle Sarah, cette fois amenez-moi le marteau.

Elle lui tend un râteau.

Non, pas un râteau, un marteau pour casser, hélas, ce plat magnifique et unique dont personne ne veut.

Il lève le marteau en retenant un sanglot.

UNE DAME

(murmure)

Cinq francs ?

LÉO

(lui tendant aussitôt le plat)

Cinq francs ? Madame a dit cinq francs. Tenez, il est à vous. Bravo, madame, vous avez ce plat à poisson et vous avez ainsi fait une bonne affaire et une bonne action, car sachez-le, mesdames et messieurs, et vous aussi mes enfants, on fait toujours une bonne affaire quand on fait une bonne action !

UN HOMME

(alors interroge)

Combien pour le matériel pédagogique ?

LÉO

Pardon ? Vous dites ?

L'HOMME

Combien pour les images pendues le long de votre caravane ?

LÉO

Désolé, elles ne sont pas à vendre.

L'HOMME

Tant mieux. J'aime acheter précisément ce qui n'est pas à vendre. Combien ?

LÉO

C'est qu'elles me servent à apprendre des choses à mademoiselle Sarah, ma fille unique.

L'HOMME

Dois-je comprendre que cette petite fille ne fréquente pas l'école ?

LÉO

Exactement, monsieur.

L'HOMME

Et pourquoi cela ?

LÉO

Cher monsieur, en changeant de ville tous les jours, comment voulez-vous que je l'envoie à l'école ?

L'HOMME

Il y a des pensions.

LÉO

Des pensions ?

L'HOMME

Oui, où l'on prend les enfants à l'année pour faire leur éducation.

LÉO

À l'année ?

L'HOMME

(prenant la place de Léo se met à bonimenter)

L'ÉDUCATION ! L'ÉDUCATION, mesdames et messieurs, il n'y a rien au monde de plus précieux, de plus nécessaire, de plus beau que L'ÉDUCATION ! Et on ne saurait la délivrer ainsi n'importe comment, à la sauvette, sauvagement, dans une roulotte. L'ÉDUCATION a besoin pour éclore et se développer d'un cadre approprié, d'un horaire aménagé et surtout, surtout d'un personnel qualifié. Je suis moi-même pédagogue diplômé, auteur de nombreux dictionnaires et de non moins nombreuses méthodes éducatives. C'est donc en tant que spécialiste que je m'intéresse à vos planches et dessins. Mais croyez-moi, vos efforts ne sauraient suffire à donner à votre fille une ÉDUCATION supérieure. Pour vous le prouver nous allons faire subir un petit examen à cette enfant.

Pourriez-vous, mademoiselle, nous dire quelle est la capitale de l'Italie ?

Sarah ne réagit pas.
L'homme reprend.

Une fois, deux fois, trois fois ? Adjugé, recalée. Vous alors, pourriez-vous me dire quelle est la capitale de l'Espagne ?

Il fixe Léo.

LÉO
(s'excusant)
Je ne fréquente que les petites villes, j'évite les capitales.

L'HOMME
Madrid, monsieur ! Madrid pour l'Espagne et Rome pour l'Italie ! Voilà, grâce à L'ÉDUCATION, ce que tout un chacun peut savoir, toutes les personnes éduquées connaissent les noms des pays et de leurs capitales, cela s'appelle la géographie, et quand une personne éduquée ignore quelque chose, elle consulte un dictionnaire ! Votre petite fille doit recevoir une ÉDUCATION de première qualité, confiez-moi vos planches pédagogiques afin que je puisse en faire profiter mes tout jeunes élèves et, en échange, je me charge de L'ÉDUCATION TOTALE – j'ai bien dit TOTALE – de votre fillette ! Cette offre magnifique, mirifique, exceptionnelle est à saisir

à l'instant, monsieur, car demain je serai loin, de retour dans mon lointain chez-moi !

LÉO

Monsieur…

L'HOMME

Appelez-moi maître ou professeur.

LÉO

Maître, professeur, vous êtes bien bon mais… je ne désire pas me séparer de ma fille.

LE MAÎTRE

Sait-elle sa table de multiplication si utile dans le commerce, la règle de trois, l'alphabet latin, l'écriture cunéiforme, les chiffres arabes ?

LÉO

Euh… non…, pour tout vous dire elle n'entend pas, alors tout ce qu'elle sait c'est moi qui lui ai appris à l'aide de ce petit violon…

Il fait mine d'en jouer…

De quelques gestes et de ces quelques dessins, voilà.

Sarah, voyant le violon dans les mains de Léo, se met spontanément à danser.

LE MAÎTRE

Elle n'entend pas, dites-vous ? Admirable ! Admirable ! Décidément, son cas m'intéresse. Monsieur le camelot, votre réussite est grande ! Souffrez qu'un spécialiste vous serre la main et vous félicite pour les résultats ainsi obtenus, mais malgré son handicap votre fille paraît très douée, confiez-la-moi, et j'en ferai une vraie demoiselle.

LÉO

Que ferait une vraie demoiselle dans ma pauvre roulotte ?

LE MAÎTRE

Qui vous dit qu'il n'y a pas mieux à faire que de passer sa vie dans une pauvre roulotte ? Avec l'ÉDUCATION, elle pourra choisir une carrière.

LÉO

Mais ça doit être très cher toute cette ÉDUCATION, et je n'ai pas d'argent.

LE MAÎTRE

Apprenez, cher camelot, que l'ÉDUCATION, bien suprême entre tous, est gratuite.

LÉO

Gratuite ?

LE MAÎTRE

Il n'y a que la pension, la nourriture, le blanchissage, les faux frais, les livres, les fournitures et les petits à-côtés que je serai contraint de vous facturer, le reste – l'essentiel, n'est-ce pas – la racine carrée, l'histoire de France et du Pérou, les *Fables* de La Fontaine, le monde grec et romain, la Bible, l'Égypte, la couture, le maintien, l'hygiène, les bonnes manières, tout lui sera fourni gracieusement durant trois ans.

LÉO

Trois ans sans ma fille !

LE MAÎTRE

(décrochant les planches)

Trois ans… Qu'est-ce que trois ans à l'échelle du système solaire ! Allez, donnez-moi ces planches, son petit violon afin qu'elle ne soit pas trop dépaysée, et dans trois ans elle vous reviendra transformée, transfigurée, savante ! Voici ma carte. Elle saura jouer de divers instruments de musique à la perfection, et lire et écrire en plusieurs langues même étrangères. Cent cinquante francs par mois pour la pension vous seront facturés. Tâchez d'être ponctuel, sinon…

LÉO

Cent cinquante francs !

LE MAÎTRE

Vous ne voudriez pas que votre petite fille soit mal logée, mal nourrie et mal vêtue ?

LÉO

Non non non, surtout pas !

LE MAÎTRE

Alors cent cinquante francs, prix d'ami. À dans trois ans ! En route !

L'homme part avec les planches sous le bras et tenant fermement la petite fille qui tient son violon.
Sarah résiste.
Le pédagogue l'entraîne.
Les larmes aux yeux, Léo dit au revoir à Sarah tout en tentant de lui expliquer par signes premièrement qu'il l'aime, deuxièmement qu'elle reviendra bientôt, troisièmement que tout cela est pour son bien.
Sarah échappe un instant à la poigne du pédagogue et court vers Léo.

LE MAÎTRE

(arrachant Sarah des bras de Léo conclut)

J'avais oublié le principal : l'ÉDUCATION apprend aux enfants l'OBÉISSANCE.

Noir.

scène 6

LÉO

(sa perruque sur la tête, il est triste)

C'est ainsi que je me suis retrouvé de nouveau seul, sans Sarah et sans petit violon, avec l'obligation d'envoyer cent cinquante francs par mois pour la pension de Sarah. Les temps devinrent très durs. Le client se fit rare. J'étais triste parce que seul, et les camelots tristes font fuir les clients. Je n'avais plus le cœur à casser la vaisselle et je n'avais même plus mon petit violon pour me consoler. Je me fis bien une petite flûte dans un roseau, mais ce n'est pas pareil.

Il joue de la flûte tristement.

C'est alors que je me dis que je devais apprendre moi aussi tout ce que j'ignorais afin qu'au bout de trois ans ma fille chérie devenue savante n'ait point honte de son père ignorant, et je me mis avec rage à apprendre, à apprendre, à lire, à relire. C'est bien simple, je lus tout un dictionnaire de la lettre A jusqu'à la lettre Z, si bien que je me sentis moins seul donc moins triste, et ainsi les affaires refleurirent un peu. Quoi qu'il en soit je réussis à envoyer chaque mois les cent cinquante francs de la pension et en retour je recevais où je me trouvais le bulletin de notes de Sarah. Elle avait 20 partout.

Il joue un air très gai sur sa flûte.

Et un beau jour…

Il jette sa flûte et sa perruque en l'air.
Sarah apparaît. Elle est grande et belle, tout à fait transformée. Elle pose un étui à violon, un carton à dessin près de Léo. Elle joue sur le violon un air classique, puis pose le violon et récite les capitales de tous les pays sans se tromper mais sans qu'aucun son ne sorte de sa bouche. Léo récite avec elle sans le son lui aussi. Enfin Sarah et Léo tombent dans les bras l'un de l'autre.
Sarah ouvre le carton à dessin et en sort de magnifiques dessins représentant la ville d'où elle vient. Elle le lui explique avec des signes. Léo et Sarah les accrochent.
Enfin Léo demande à Sarah en articulant très fort et en étant très ému…

Maintenant que tu es instruite comme une vraie demoiselle des villes, que veux-tu choisir comme carrière ?

Elle écrit alors sur la roulotte en grandes lettres :

"Je veux rester avec toi."

Léo, perruque sur la tête, ému.

Je n'ai jamais été aussi heureux que ce jour-là.

scène 7

Léo et le géant devant la roulotte.

LÉO

Alors, géant, tu es content de revoir Sarah ?

LE GÉANT

Non.

LÉO

Non ? Pourquoi ?

LE GÉANT

Parce que.

Il pleure.

LÉO

Pourquoi tu pleures encore ? Elle n'est plus malheureuse, elle est grande, belle et savante.

LE GÉANT

Justement.

LÉO

Justement quoi ?

LE GÉANT

(pleurant toujours)

Depuis que je l'ai revue, je ne pense qu'à elle.

LÉO

Et qu'est-ce qu'il y a de triste là-dedans ?

LE GÉANT

Je pense à elle, puis ça me fait tout chaud partout, puis ça me donne des fourmis dans les doigts de pieds et puis ça me fait pleurer.

LÉO

Toi, tu es amoureux.

LE GÉANT

Amoureux ?

LÉO

Amoureux, oui.

LE GÉANT

Je ne sais même pas ce que ça veut dire.

LÉO

Si tu étais cultivé, tu saurais que lorsqu'on ne sait pas ce que quelque chose veut dire on regarde dans un dictionnaire.

Il ouvre un dictionnaire.

Amour amourette amoureux, voilà, amoureux, être amoureux : éprouver de l'amour pour.

LE GÉANT

Pour qui ?

LÉO

Toi, c'est pour Sarah.

LE GÉANT

Tu crois ?

LÉO

J'en suis sûr.

LE GÉANT

Et comment ça se soigne, cette maladie-là ?

LÉO

En déclarant à la personne pour qui on l'éprouve qu'on l'éprouve.

LE GÉANT

(surpris)

Et on est guéri ?

LÉO

De mon côté je vais apprendre à Sarah que c'est grâce à toi qu'elle est devenue ma fille, comme ça elle t'aimera aussi. Vous vous marierez, j'achèterai une autre roulotte et nous y vendrons des habits et de la verroterie, vous aurez des enfants...

LE GÉANT

(le coupant)

Non.

LÉO

Non ?

LE GÉANT

Non. Tu ne lui diras rien. Univers ne me lâchera jamais.

LÉO

Je donnerai à Univers autant de bretelles multicolores qu'il y a de jours dans une année et il te lâchera.

LE GÉANT

Tu crois ?

LÉO

Tiens, le voilà. Quand on parle du loup...

Entre Univers.
Il est très onctueux.

UNIVERS

Bonjour, très cher ami. *(Au géant.)* Qu'est-ce que tu fais sur tes deux pattes au lieu de rester couché pour grandir encore ? *(Puis à Léo.)* Compère, voilà tes bretelles, rends-moi ma fillette.

LÉO

(indigné)

Comment ?

UNIVERS

(grimaçant, une main sur son cœur, presque à genoux)

Le remords me torture, j'avais fait serment à sa pauvre maman de prendre soin d'elle, rends-la-moi.

LÉO

Jamais ! Sarah est ma fille maintenant.

UNIVERS

(se redressant)

Ha ha, sans doute as-tu fait établir des papiers d'état civil pour prouver la chose ?

LÉO

Des papiers non, mais c'est moi qui ai payé ses études.

UNIVERS

Ta ta ta ta ta, moi j'ai les papiers, sa mère me l'a confiée par écrit.

LÉO

Mais souviens-toi, tu me l'as donnée en échange de sept paires de bretelles !

UNIVERS

Tu expliqueras ça au gendarme et au juge. Une petite fille contre des bretelles ! *(Il rit.)* Sache que désormais je tiens mon pantalon avec cinq ceintures mises bout à bout, c'est très pratique. À bientôt ! Il me tarde de reprendre cette petite fille que j'aime tant. On m'a dit qu'elle est devenue très belle, et qu'elle joue très bien du violon. Mes efforts n'auront pas été inutiles. À tantôt !

Il sort en faisant sonner son gros ventre.

LE GÉANT

(affolé)

Tu vois…

LÉO

(affolé)

Que faire ?

LE GÉANT

Fuyez tous les deux.

LÉO

Non, toi tu vas partir avec Sarah, loin, et moi j'expliquerai tout au juge et au gendarme.

LE GÉANT

Non, Léo, non.

LÉO

Puisque tu l'aimes.

LE GÉANT

Elle, elle ne m'aime pas.

LÉO

C'est parce qu'elle ne sait pas que c'est grâce à toi qu'elle est devenue une vraie demoiselle.

LE GÉANT

Non, elle en aime un autre.

LÉO

Quoi ? Qu'est-ce que tu dis ?

LE GÉANT

Tous les jours il y a un beau jeune homme ni trop grand ni trop petit qui vient la voir.

LÉO

Comment sais-tu ça ?

LE GÉANT

Je crois bien que je les ai suivis et je crois bien que c'est ça qui me fait pleurer.

LÉO

Qu'est-ce qu'ils font ?

LE GÉANT

D'abord ils se parlent.

LÉO

Comment peuvent-ils se parler ?

LE GÉANT

Ils se parlent sans se parler, ils ont dû aller à la même école, ils font des tas de trucs avec leurs mains et leurs yeux et après avec leurs lèvres... *(Il gémit.)* Mais chut, cachons-nous, les voilà.

Entrent le jeune homme et Sarah.
Manifestement ils s'aiment. Ils se parlent par signes mais avec passion. Le silence est total. Ils se disent qu'ils s'aiment et qu'ils s'aimeront toujours, le jeune homme lui dit de partir avec lui dans son lointain pays, Sarah dit qu'elle ne peut quitter son bienfaiteur.
Léo surgit. Sarah et le jeune homme ont peur.
Léo se jette sur eux et les enlace, puis unit leurs mains et explique à Sarah par signes qu'elle doit partir loin avec le jeune homme car un grand danger la menace.

Sarah ne veut pas partir. Le géant pleure dans son coin.
Le jeune homme, après avoir fait un salut à l'indienne, explique par gestes à Léo qu'il le respecte, qu'il le portera toujours dans son cœur et qu'ils vont partir pour les Indes.
Léo donne de l'argent à Sarah. Sarah fait son baluchon.
Le couple s'en va.
Léo leur court après pour donner à Sarah le petit violon.

scène 8

Roulement de tambour ou fracas d'une sonnette.

UN GENDARME

(ou un juge en grand apparat, lisant un papier)

Attendu que le sieur Univers, propriétaire d'un cirque honorablement connu, a fait valoir qu'il était bien tuteur légal de mademoiselle Sarah, enfant encore mineure, attendu également que le sieur Léo le camelot prétend être le père putatif de cette même Sarah sans pouvoir aucunement en apporter la preuve écrite, attendu que ledit sieur Léo le camelot ne jouit pas d'un revenu stable ni d'une honorabilité sur les champs de foire dûment reconnue, attendu d'autre part que ce dit Léo le camelot ne veut en aucun cas restituer l'enfant mineure Sarah au tuteur légal dûment reconnu et pourvu de papiers, monsieur Univers, propriétaire de cirque, attendu en outre…

LÉO

(au premier plan, se coiffant,
résigné, de sa perruque blanche)

D'attendu en attendu, je fus jeté en prison et le géant aussi pour complicité d'enlèvement d'enfant. C'est là que j'ai attrapé ces cheveux blancs. Si vous saviez ce que le temps paraît long en prison… Chaque heure compte pour deux, chaque jour se traîne comme une semaine. Les mois, les saisons qu'on ne voit plus passer… Heureusement je n'étais pas seul, le géant me tenait compagnie et je tenais compagnie au géant. Je lui ai appris tout ce que j'avais appris.

Le géant récite les pays et les capitales en se trompant, puis Léo lui apprend à jongler ou à jouer du violon avec une fourchette et une cuillère.
Léo reprend :

Et un jour Univers réclama son géant. Du coup, moi aussi je fus libéré, et maintenant me voilà seul et vieux devant ma roulotte fermée. Je n'ai plus le cœur à rien. Mon ami le géant, lui, a rencontré au cirque une dresseuse de girafes, ils sont partis en Afrique, ils ont ouvert un zoo où ils élevèrent beaucoup de petites girafes et de grands enfants.

Il va pour entrer dans sa roulotte.

Comment ? Si j'ai des nouvelles de Sarah ? Non.

Il lève les bras au ciel.

Ainsi va la vie.

Paraît alors une petite fille qui ressemble à Sarah portant le petit violon.
Elle se place devant Léo et lui joue son air.
Léo la regarde avec émotion, puis il essaie de lui parler maladroitement par signes.

La petite fille répond elle aussi habilement par signes, puis tendant le violon elle lui dit d'une voix forte :

Tiens, grand-père, à toi de jouer maintenant !

Léo se jette sur la petite fille, l'arrache du sol et l'embrasse.
Entrent alors Sarah et le jeune homme devenu son mari.
Ils sont habillés en hindous.
Elle danse tandis que le jeune homme marque le rythme sur son tabla.
Danse, retrouvailles, embrassades, émotion, rires, larmes et musique, puis salut et conclusion.
Sarah, son mari, la petite fille et Léo disent bonsoir en langue des signes.

scène 8 (autre fin)

LÉO

(seul, devant sa roulotte)

Approchez, approchez ! Inutile de pousser, de toute façon y en aura pas pour tout le monde ! Approchez petits et grands, militaires et civils, bonnes sœurs et curés, mâles et femelles, ici on brade, ici on donne en prime à tout acheteur de ce balai à brosse à poils ras façon berger conçu spécialement pour rassembler les moutons sous les lits ou encore de cette magnifique lessiveuse à roulettes équipée d'un réservoir d'eau savonneuse qui vous emmènera vous et votre linge sale au bout du monde pour un coût dérisoire, donc – cochon qui s'en dédit ce qui est dit est dit donner c'est donner reprendre c'est voler – en prime à tout acheteur fût-ce de cette modeste pince à linge, on donne gratos le véritable, l'authentique secret du bonheur. Non, non, attention, pas le secret d'il y a quelques années de quand j'étais jeune, non, non, cette fois, juré craché, le vrai de vrai, le secret pour être heureux partout toujours sans fêlure.

Il poursuit à voix basse :

Allez, puisque je vois qu'il y a foule et que je suis dans un bon jour je vais vous le livrer sans obligation d'achat, ici, pour le plaisir de faire le bien. Pour être heureux, vraiment heureux, toujours partout, il faut savoir rester seul. Si, j'insiste, ne pas rester seul c'est bien, savoir rester seul c'est mieux. Être heureux seul, sans sa fille, seul, assis sur les marches de sa roulotte bourrée de camelote invendue et invendable, seul, sans client, sans chaland qui passe, heureux, seul, sans personne. Mais que vois-je ? Ô bonheur ! Ô miracle ! Une apparition féerique, un gendarme à pied en grand uniforme. Que désires-tu ô gendarme sauveur ?

LE GENDARME

Nom, prénom, qualité ?

LÉO

Damnation, je n'ai pas ça en stock.

LE GENDARME

Vous êtes Léo le camelot ?

LÉO

Je suis et ne suis pas.

LE GENDARME

Non non, vous êtes ou vous n'êtes pas, il n'y a pas de milieu.

LÉO

Léo étant le diminutif de Léonard, vous me suivez, suis-je plus Léo que Léonard, ou l'inverse, je ne sais plus.

LE GENDARME

Léonard soit, profession camelot.

LÉO

Ça dépend des jours.

LE GENDARME

Ça dépend des jours ?

LÉO

Camelot ? Pour être réellement camelot le camelot a besoin de camelote bien entendu, mais surtout il lui faut des clients, beaucoup de clients, or vous constatez vous-même, à part vous qui me demandez justement quelque chose que je n'ai pas hélas, il n'y a personne, pas le moindre acheteur à baratiner. Ils sont tous à se bousculer dans les supermarchés, là où on solde 20 % 30 % 40 % 50 % 60 % de réduction sur les prix marqués. Qui peut résister à ça ? On en prend trois pour ce prix-là. De quoi on ne sait pas. Et puis on passe en courant, les bras chargés de paquets, devant la roulotte du camelot, ce moins que rien, ce voyou, ce bateleur qui n'a même pas de prix marqués et qui ne fait jamais de réduction sans marchandage préalable. Et puis vous savez, même le secret, le secret du bonheur, ils n'en veulent pas, ils le connaissent, ils le savent : être assis chez soi, bien au chaud, près d'un frigo bien plein. Bon, trêve de parlote, pour vous ce sera quoi ? Allez, tenez, je vous fais 128 % de réduction sur le prix consenti aux militaires...

LE GENDARME

Nom, prénom, domicile.

LÉO

Cette jolie poupée pour égayer votre fifille.

LE GENDARME

Je n'ai pas de fifille.

LÉO

C'est bien triste non ? Je sais ce que c'est. Alors prenez la poupée pour vous consoler. Elle marche, elle pleure, elle parle, elle fait pipi – quand on n'oublie pas de lui mettre de l'eau –, elle danse le jerk, la mazurka et la bourrée, et même quand on lui met une grosse pile, si vous la déréglez bien, elle triche aux cartes ce qui vous promet des soirées d'hiver exaltantes. Non ? Alors ce magnifique tablier de cuisine qui dissimulera complètement bedaine baudrier et pistolet, regardez, façon vichy, avec dentelle assortie, ça vous change en moins de deux un gendarme en fée du logis. Non ? Alors ce bonnet indéfrisable permanent avec remonte-moustache élastique pour avoir l'air martial même en dormant. Non ? Quoi alors ?

LE GENDARME

Mademoiselle Sarah.

LÉO

Sarah ! Sarah ! J'ai un stock immense et vous me demandez toujours ce qui me manque.

LE GENDARME

Au nom de la loi, Léo Léonard, camelot ou pas, vous devez me remettre en main propre sur-le-champ et sans délai la susnommée Sarah.

LÉO

Sans contester le moins du monde la propreté de vos mains ou la validité de votre requête je vous ferais humblement remarquer qu'étant momentanément en rupture de stock sur l'article Sarah je ne peux vous satisfaire, croyez que si j'en avais seulement deux, j'en garderais une par-devers moi et je remettrais bien volontiers l'autre entre vos belles mains propres illico presto avec en prime et de bon cœur une petite ristourne en cas de paiement comptant.

LE GENDARME

En cas de non-restitution, j'ai ordre et mission de vous remettre pour valoir ce que de droit cette convocation comminatoire certifiée conforme à l'original.

LÉO

Remettez, remettez.

LE GENDARME

Qui vous fait obligation légale et sous peine d'astreinte

immédiate de vous présenter en chair et en os au greffe du tribunal d'instance muni de mademoiselle Sarah ou de papiers certifiés faisant foi de votre autorité légalement reconnue sur ladite mademoiselle Sarah enfant mineure…

LÉO

Elle n'est pas mineure.

LE GENDARME

Elle l'est, c'est écrit là.

LÉO

Je la connais mieux que votre papier, c'est moi qui l'ai élevée. C'est une demoiselle très bien éduquée qui n'est jamais descendue dans une mine et qui n'y descendra jamais.

LE GENDARME

Faute de quoi la contrainte par corps…

LÉO

La contrainte par corps ?

LE GENDARME

La contrainte par corps nonobstant les frais y afférant sans omettre la suppression de votre patente, la réquisition de votre roulotte, et la mise sous séquestre de vos marchandises et de vos biens immobiliers, animaux domestiques ou sauvages compris.

LÉO

(à voix basse)

Qu'est-ce que vous diriez d'un service à dessert avec pelle à gâteau et ramasse-miettes ?

LE GENDARME

C'est moi qui ramasse. Allez, ouste, au trou.

Le gendarme se saisit du collet de Léo et le traîne à sa suite.

LÉO

(poursuivant)

Et une jolie ménagère 78 pièces en porcelaine de Limoges *made in* Taïwan, peinte à la main par les enfants des écoles ?

LE GENDARME

(le coupant)

J'achète tout à la coopé, les gendarmes y ont 33 % sur les prix marqués.

LÉO

33 % ? Toute l'année ?

LE GENDARME

Affirmatif.

Ils disparaissent, l'un traînant l'autre.

scène 9

Au tribunal, face au juge en grand apparat, Léo et le géant enchaînés. Univers aux pieds du juge se tordant les mains de douleur en sanglotant.

UNIVERS

Ma fille ! Ma fifille ! Ma fifififille ! Oh qu'on me rende mon enfant, je souffre trop, je souffre trop ! Nifff nifff nifff nifff nifff nifff !

LE JUGE

(ému, lui tendant un kleenex)

Épongez votre douleur, Univers. Le tribunal vous entend.

LÉO

Il me reste tout un lot de mouchoirs à carreaux avec larmes artificielles incorporées pour aider les menteurs à faire croire qu'ils pleurent.

LE JUGE

Silence !

Le juge agite sa sonnette rageusement vers Léo et le géant, puis avec compassion vers Univers qui se mouche bruyamment avant de lui rendre le kleenex.

LE JUGE

Merci.

Puis il enchaîne :

Attendu que le sieur Univers propriétaire d'un cirque honorablement connu a fait valoir qu'il était bien tuteur légal de mademoiselle Sarah enfant encore mineure, attendu également que le sieur Léo le camelot prétend être le père putatif de cette même Sarah sans pouvoir aucunement en apporter la preuve écrite, attendu que le sieur Léo le camelot ne jouit pas d'un revenu stable ni d'une honorabilité sur les champs de foire dûment reconnue, attendu d'autre part que ce dit Léo le camelot ne veut en aucun cas restituer l'enfant au tuteur légal dûment reconnu et pourvu de papiers monsieur Univers propriétaire de cirque, attendu en outre…

Léo, au premier plan, se coiffant résigné de sa perruque blanche :

D'attendu en attendu je fus jeté en prison et le géant aussi pour complicité d'enlèvement d'enfant. C'est là que j'ai attrapé ces cheveux blancs. Si vous saviez ce que le temps paraît long en prison… Chaque heure compte pour deux, chaque jour se traîne comme une semaine. Les mois, les saisons qu'on ne voit plus passer… Heureusement je n'étais pas seul, le géant me tenait compagnie et je tenais compagnie au géant. Je lui ai appris tout ce que j'avais appris et jamais au grand jamais il n'y a eu l'ombre d'un nuage entre nous...

LE GÉANT

Pourquoi ?

LÉO

(criant)

Pourquoi quoi encore ?

LE GÉANT

Pourquoi tu veux plus que je te demande pourquoi ?

LÉO

Parce que.

LE GÉANT

Parce que quoi ?

LÉO

Parce que j'ai besoin de silence.

LE GÉANT

Pourquoi ?

LÉO

Parce que depuis des mois je te vois là en face de moi.

LE GÉANT

Moi aussi je te vois là face à moi depuis des mois.

LÉO

Oui, mais moi j'ai besoin d'être seul de temps en temps.

LE GÉANT

Pourquoi ?

LÉO

Pour pouvoir penser.

LE GÉANT

Penser ?

LÉO

Oui.

LE GÉANT

À…

LÉO

Non pas à… Penser, c'est tout.

Silence.

LE GÉANT

Tu penses là ?

Léo soupire.
Nouveau silence.

LE GÉANT

Si tu me tournes le dos et que moi je te tourne le dos tu auras l'impression d'être seul et moi aussi.

LÉO

Très bien, bonne idée pour une fois.

LE GÉANT

Pourquoi pour une fois ?

LÉO

Tournons-nous vite le dos.

LE GÉANT

Moi ça y est. Toi aussi ?

LÉO

Moi aussi.

LE GÉANT

Qu'est-ce que tu vois ?

LÉO

Le mur.

LE GÉANT

C'est mieux ?

LÉO

Mieux ?

LE GÉANT

Mieux que de me voir moi ?

LÉO

Ça change.

LE GÉANT

Moi aussi je vois le mur.

LÉO

Pas le même.

LE GÉANT

Si le même.

LÉO

Pas du même côté.

LE GÉANT

Ils se ressemblent beaucoup pourtant.

LÉO

Un mur c'est un mur.

LE GÉANT

Oui quand on en a vu un on les a tous vus.

LÉO

Quand même, ça change.

LE GÉANT

Dis ?

LÉO

Oui ?

LE GÉANT

Tu ne t'ennuies pas ?

LÉO

Je ne m'ennuie pas.

LE GÉANT

Moi je m'ennuie.

LÉO

Moi je ne m'ennuie pas parce que je pense.

LE GÉANT

À qui ?

LÉO

Au mur. À ce qu'il y a de l'autre côté du mur, la nature, la forêt…

LE GÉANT

À ton avis pourquoi l'herbe est verte ?

LÉO

Maintenant on se tait cinq minutes.

LE GÉANT

Non.

LÉO

Pourquoi ?

LE GÉANT

Parce que.

LÉO

Parce que quoi ?

LE GÉANT

Parce que j'ai peur de me mettre à penser moi aussi.

LÉO

Toi ?

LE GÉANT

Moi.

LÉO

Et à qui ?

LE GÉANT

(après un temps)

Au mur.

Bref silence.

Je peux me retourner ? Je préfère encore te voir de dos que de voir le mur de face.

LÉO

Bon tourne-toi.

LE GÉANT

Ah !

LÉO

Ah ! Quoi ?

LE GÉANT

Je suis content de te revoir.

LÉO

C'est parce que tu ne m'as pas vu pendant quelque temps.

LE GÉANT

Pourquoi on est plus content de voir les gens qu'on n'a pas vus depuis longtemps que ceux qu'on voit tout le temps ?

LÉO

Si tu récitais la liste des capitales d'Afrique…

Bref silence.

LE GÉANT

Toi aussi tu penses à elle ?

LÉO

Non, moi je ne pense pas à elle.

LE GÉANT

Moi non plus.

LÉO

Je pense au mur.

LE GÉANT

Moi aussi. Bon, alors, Djibouti, Tananarive, Bamako, Tombouctou…

LÉO

Un beau jour Univers réclama son géant. Sans son plus grand géant du monde son plus petit nain du monde ne valait pas tripette. Il fit libérer le géant et moi avec. Et maintenant me voilà seul et vieux... me voilà seul et vieux devant ma roulotte fermée. Je n'ai plus le cœur à rien. Mon ami le géant, lui, a rencontré au cirque une dresseuse de girafes, ils sont partis en Afrique, ils ont ouvert un zoo où ils élevèrent beaucoup de petites girafes et de petits enfants.

Il va pour entrer dans sa roulotte.

Comment ? Si j'ai des nouvelles de Sarah ? Non.

Il lève les bras au ciel.

Ainsi va la vie.

Paraît alors une petite fille qui ressemble à Sarah portant le petit violon.
Elle se place devant Léo et lui joue son air.
Léo la regarde avec émotion puis il essaie de lui parler maladroitement par signes.
La petite fille lui répond elle aussi habilement par signes puis tendant le violon elle lui dit d'une voix forte :

Tiens, grand-père, à toi de jouer maintenant !

Léo se jette sur la petite fille, l'arrache du sol et l'embrasse.
Entrent alors Sarah et le jeune homme devenu son mari.
Ils sont habillés en hindous.
Elle danse tandis que le jeune homme marque le rythme sur son tabla.
Danse, retrouvailles, émotion, rires, larmes et musique puis salut et conclusion.
Sarah, son mari, la petite fille et Léo disent bonsoir en langue des signes.

J'ai
écrit *Le Petit Violon* en 1999
pour répondre à une commande qu'un ami
directeur de théâtre londonien avait eu la bonne idée
de me passer. Je ne savais pas comment m'y prendre,
j'écrivais depuis près de quarante ans, mais je n'avais jamais
envisagé une pièce destinée en priorité à la jeunesse. En écrivant
Le Petit Violon, j'ai découvert une allégresse, une légèreté et une liberté
inattendues. Depuis j'ai écrit pour mon plaisir, et j'espère celui des
enfants, cinq autres pièces pour la jeunesse, toutes sont éditées dans la
belle collection Heyoka Jeunesse chez Actes Sud-Papiers. Désormais,
quand une idée de pièce me vient, elle se transforme malgré moi en pièce
pour l'enfance. Serait-ce cela qu'on appelle "retomber en enfance" ?
Devenir gaga, en bon français. En tout cas je me prépare avant de
raccrocher à en écrire une septième, pour être à l'unisson avec
les sept nains, les sept femmes de Barbe bleue, les sept enfants
du bûcheron Poucet et les sept malheureuses petites
filles de l'Ogre.

JEAN-CLAUDE GRUMBERG
Juin 2006

Le Petit Violon *fut créé à Londres en 1999*
au Tricyle Theatre puis à Genève en l'an 2000
au théâtre Am Stram Gram.
Une version plus longue fut créée en France en 1991
dans une mise en scène de Christophe Lidon.
Nous proposons dans cette édition les deux versions de fin.

Du même auteur

Aux éditions Actes Sud

Dans la collection Actes Sud-Papiers / « Heyoka Jeunesse » :
Le Petit Violon, 1999.
Marie des Grenouilles, 2003.
Iq et Ox, 2003.
Pinok et Barbie, 2004.
Le Petit Chaperon Uf, 2004.
Mange ta main, 2006.

Dans la collection Actes Sud-Papiers :
Les Autres, 1995.
L'Atelier, 1995.
L'Indien sous Babylone, 1995.
Amorphe d'Ottenburg, 1995.
Demain une fenêtre sur rue suivi de *Chez Pierrot*, 1990.
Zone libre, 1990.
Dreyfus…, 1990.
En r'venant d'l'Expo, 1992.
Linge sale précédé de *Maman revient pauvre orphelin*, 1993.
Maman revient pauvre orphelin, 1994.
Adam et Ève, 1997.
Rêver peut-être, 1998.
Sortie de théâtre suivi de *Quatre pièces courtes*, 2000.
Le Duel d'après Tchekhov, 2002.
L'Enfant Do, 2002.
Vers toi, Terre promise, 2006.

Dans la collection « Babel » :
Les Courtes (n° 159), 1995.
Dreyfus…, *L'Atelier* et *Zone libre* (n° 314), 1998.
La Nuit tous les chats sont gris (roman), (n° 447), 2000.

Aux éditions du Seuil

Mon père, inventaire, 2003.

PISTES PÉDAGOGIQUES
permettant d'éclairer et d'exploiter le texte

L'AUTEUR

Jean-Claude Grumberg est né en 1939, son père est mort en déportation. Après avoir exercé divers métiers, il devient comédien. L'écriture théâtrale commencée en 1968 le conduit à mettre en scène notre histoire moderne et sa violence, dont sa trilogie sur le thème du génocide : *Dreyfus* (1974), *L'Atelier* (1979) et *Zone libre* (1990). J.-C. Grumberg est aussi scénariste pour le cinéma et pour la télévision. Il a reçu deux Molière du meilleur auteur : pour *Zone libre* en 1991 et *L'Atelier* en 1999, pièce également récompensée par le grand prix de la SACD.

Jean-Claude Grumberg est devenu un écrivain pour la jeunesse presque malgré lui. *Le Petit Violon* a été créé suite à une commande pour le jeune public anglais. C'est au cours d'une de ces représentations, devant l'enthousiasme des enfants, qu'il a compris que le but qu'il poursuivait n'était pas de former des futurs spectateurs mais de « construire, par l'émotion partagée, les futurs citoyens de demain issus de tous les continents ».

LITTÉRATURE

LES TECHNIQUES NARRATIVES

Objectif : Identifier les différentes techniques narratives du texte afin de renforcer la compréhension et l'interprétation littéraire.

• Le récit est raconté du point de vue de Léo le camelot. Il est présenté comme une confession. Ce parti pris de l'auteur donne au texte une dimension plus intime et facilite la projection.

On s'intéressera donc au travail sur le genre autobiographique et fictionnel. La production de récit à la première personne que l'on trouve dans les monologues du texte déplace l'intérêt de l'intrigue vers les états d'âme du personnage. Elle nous pousse à épouser son point de vue, sa subjectivité mais également son authenticité. On proposera aux élèves d'analyser ce procédé d'écriture et d'en découvrir les effets :

– En lisant d'autres textes autobiographiques fictionnels tel que l'album *Otto, autobiographie d'un ours en peluche* de Tomi Ungerer, L'École des loisirs, 1999.

– En les comparant avec des textes écrits la troisième personne du singulier et à d'autres, plus rares, écrits à la deuxième personne du singulier (*Tu rentres à la maison* de Claude Carré, Actes Sud Junior, 2002).

– En réécrivant un extrait de monologue de Léo à la troisième personne du singulier pour constater les différences.

– En utilisant les deux techniques pour écrire le même récit.

• Au cours sa lecture, le lecteur adoptera aussi différents points de vue : ceux du destinataire d'une confidence, du témoin de cruautés et de maltraitances, du public de boniments, du déchiffreur de signes pour comprendre l'enfant, de l'observateur du parcours de Léo…

• On permettra aux élèves d'identifier également :

– l'usage du flash-back qui éloigne du récit de mémoire et qui nous plonge dans le passé vécu ;

– les fonctions des didascalies : description, narration, passage du récit de Léo à l'action passée (grâce à l'accessoire perruque) ;

– les nombreuses ellipses et les procédés utilisés pour représenter la temporalité ;

– la différence entre monologue et dialogue.

Les enquêtes sur les personnages

Objectif : Mieux entrer dans la complexité des lectures en élevant le degré de compréhension et d'interprétation.

Les personnages sont les éléments les plus visibles d'une œuvre, ceux auxquels les enfants se raccrochent en premier.

• Relever dans le texte toutes les caractéristiques explicites et implicites liées à Léo et à Sarah.

• Rechercher les procédés utilisés pour rendre Univers encore plus vil et cruel à nos yeux.

Les débats

• Débats philosophiques sur le bonheur : Être heureux en rendant heureux ; Être le plus grand et le plus fort permet-il d'être heureux ?...

• Débats interprétatifs : Pourquoi Sarah recule-t-elle quand Léo lui présente la première fois le violon ? Pourquoi Léo laisse-t-il Sarah partir avec le pédagogue ? Dans ce récit, Léo est-il heureux ?...

• On pourra réfléchir en particulier sur le choix du titre, du violon et de la symbolique qui y est associée. On associera cette réflexion à une meilleure connaissance de l'univers de référence des saltimbanques, des marchands ambulants, de la musique tzigane, klezmer...

• À partir des scènes : Demander aux élèves de titrer les scènes afin d'afiner la compréhension du texte. Mener un débat où chacun argumente son choix.

• Comparer les deux versions de fin du texte.

Les entrées thématiques

De nombreux thèmes peuvent être objets d'étude : la solitude,

la relation parent/enfant, la différence, l'amour, la maltraitance, la violence, « la fermeture d'esprit » (du pédagogue), la quête, la séparation, l'adoption...
Un conseil : L'entrée dans le texte sera facilitée par une « lecture accroche » oralisée du début, effectuée par l'enseignant.

ACTIVITÉS DRAMATIQUES POUR MIEUX S'APPROPRIER LE TEXTE

Le langage est au centre de ce récit. La véritable communication, sensible et authentique, y est non verbale. Sarah utilise les vibrations, les gestes et les signes. Par contre, tous les personnages adultes : Léo, Univers, le pédagogue et le gendarme, se complaisent dans un langage dénué de sens, s'enivrent de mots, se perdent dans des monologues de bonimenteurs. À la fin du texte, la petite-fille de Léo redonne sa place au langage même si le finale reste l'éloge de la communication universelle liée au non-verbal. Une clef d'entrée dans la pièce peut être d'éprouver ces modes de langage par l'expérience théâtrale.

LA COMMUNICATION NON VERBALE

On recherchera à ressentir et à développer ses capacités de communication non verbale :
• En précisant ses gestes dans des jeux de miroir à deux, face à face.
• En pratiquant des jeux de mime : se passer des objets imaginaires, jeu des métiers, en file indienne le premier franchit des obstacles imaginaires les autres le suivent en l'imitant...

• À partir d'images (comme celles que Léo peint pour Sarah) : Les joueurs sont répartis en deux groupes ; une personne tire au hasard une image dans un imagier. Elle est la seule à la voir. Elle joue la situation puis s'immobilise dans une attitude signifiante. Ses partenaires entrent alors un à un dans l'espace de jeu et se figent en complétant sa proposition. Une fois la sculpture terminée, le second groupe doit énoncer ce qu'il y avait sur l'image.
• En recherchant les gestuelles les plus signifiantes sur des indicateurs donnés...
• On pourra sensibiliser les enfants à la langue des signes en s'appuyant, par exemple, sur la collection d'imagiers bilingues « Signes », éditions Thierry Magnier.
• On pourra également partager un temps de vie quotidienne en s'interdisant de parler.

La marionnette, un art de saltimbanque

Pour se rapprocher de Léo et se projeter dans le rôle du père, on pourra proposer aux élèves un travail partant de l'idée de la marionnette. Par deux : le premier joueur est debout, inerte comme une marionnette, le second est son manipulateur. Sans parole, par le contact physique, la gestuelle et le regard, il va apprendre à son partenaire à respirer puis à bouger et à se déplacer, à danser (sur du violon), à devenir autonome.
La première partie de cette activité peut être également réalisée avec une véritable marionnette. Un personnage que l'on manipulera à vue.

L'improvisation à partir des boniments

• Ces activités pourront être précédées d'un travail sur la voix :

prise de conscience des possibilités de sa voix, jeux vocaux, interprétations de phrases extraites du texte (« C'est ça le secret du bonheur ? », « Moi aussi je suis seul au monde », « Auriez-vous... voyons... une bonne paire de bretelles ? »), confrontations de ces phrases avec des variations vocales, des espaces, des partenaires, des tensions prélevées dans le texte.

• Devenir des bonimenteurs. Ce jeu peut être pratiqué en petits groupes. Chacun à leur tour, les participants prendront la parole pendant un minimum d'une minute sans arrêter de parler. Ils pourront choisir entre :

– le boniment du marchand (rendre merveilleux des objets du quotidien) : à partir d'objets réels présents sur le plateau ou d'objets non présents en s'appuyant sur les catégories proposées dans l'ouvrage. Tout pour : la maison, le ménage, la femme, les enfants, la table, l'école, le jeu ;

– le boniment d'Univers : Monsieur Loyal, présentation d'un spectacle fabuleux ;

– le boniment du pédagogue : éloge de l'éducation, de la connaissance encyclopédique, de l'école. Discours moralisateur ;

– le boniment du gendarme. Constat de délit, descriptif, froid, impersonnel, judiciaire, télégraphique et désuet : « Attendu que le dit sieur... »

Ce travail peut également être proposé à l'écrit.

• Le relais des bonimenteurs : en cercle, les joueurs se passent un objet en vantant à chacun leur tour ses qualités.

Un dossier de Christophe Lécullée,
formateur en français à l'IUFM de Créteil

table

Le Petit Violon
Scène 1 p. 5
Scène 2 p. 12
Scène 3 p. 20
Scène 4 p. 23
Scène 5 p. 25
Scène 6 p. 35
Scène 7 p. 37
Scène 8 p. 46
Scène 8 (autre fin) p. 49
Scène 9 p. 56

Biographie p. 69
Du même auteur p. 71

Pistes pédagogiques p. 72

poche théâtre

Gilles Abier, *Le Reflet de Sam.*
Catherine Anne, *Ah la la ! quelle histoire.*
Claude Carré, *Scènes en duo.*
Jean-Claude Carrière, *Le Jeune Prince et la vérité.*
Normand Chaurette, *Petit Navire.*
Joseph Danan, *Les Aventures d'Auren, le petit serial killer.*
Richard Demarcy, *Les deux Bossus.*
Jean-Claude Grumberg, *Marie des grenouilles.*
Jean-Claude Grumberg, *Le Petit Violon.*
Joël Jouanneau, *L'Adoptée.*
Joël Jouanneau et M.-C. Le Pavec, *Mamie Ouate en Papoâsie.*
Mike Kenny, *Pierres de gué.*
Serge Kribus, *Marion, Pierre et Loiseau.*
Guillaume Le Touze, *Les Nuits de Léo.*
Jean-Pierre Milovanoff, *Les Sifflets de monsieur Babouch.*
Mohamed Rouabhi, *Jérémy Fisher.*
Anne Sylvestre, *Méchant !*
Gérard Wajcman, *Le Voyage de Benjamin.*

Achevé d'imprimer en janvier 2012 par l'Imprimerie Floch à Mayenne
pour le compte des éditions ACTES SUD - Le Méjan, Place Nina-Berberova
13200 Arles
Dépôt légal 1re édition : août 2006
N° imprimeur : 81457
Imprimé en France